Erinnerungen an Menschen und Ereignisse

Geschichten aus unserer Zeit

Impressum

Verlag du Druck: Tredition GmbH, Halenreie 40-44, 22359 Hamburg
Hannelore Möbus
Erinnerungen an Menschen und Ereignisse
April 2020
Alle Rechte am Buch liegen bei der Autorin

978-3-347-05494-3 (Paperback)

978-3-347-05495-0 (Hardcover)

978-3-347-05496-7 (e-Book)

Inhaltsverzeichnis

Bedenke nicht, gewähre wie du's fühlst!

Johann Wolfgang von Goethe

Vorwort

Die Berichte über Menschen und Ereignisse, die ich hier beschrieben habe, sind fast alle selbst erlebt, Erfahrungen aus einem langen Berufsleben, aber auch aus der jeweiligen Zeit. Wir haben viel erlebt, die wir nach dem Krieg heranwuchsen. Die Technik hat sich rasant entwickelt, die Politik hat sich aus einem „kalten Krieg" in eine mehr oder weniger friedliche „Koexistenz", der Duldung gewandelt. Vieles wurde erfunden, die Moral wurde eine andere. Die jungen Leute wurden schon mit 18 volljährig, der Computer, Europa, der Euro.

Aktuell erleben wir etwas für heutige Menschen Unfassbares: Die Coronavirus Krise und das weltweit. Die Wissenschaftler arbeiten mit Hochdruck an der Eindämmung.

Aber etwas Schönes und tröstliches ist geschehen, die Menschen haben wieder Gemeinschaft gelernt trotz körperlichem Abstand

Voller Eigenwilligkeit und unangepasst

2008 geschrieben, wir 38er wurden 70 Jahre alt
Meine Mutter pflegte zu sagen, die 38er sind eine
ganz besondere Rasse, ganz besonders die Mädchen.

Befinden wir uns doch in guter Gesellschaft:
Beatrix von Holland, Sofia von Spanien, Ihr Mann
auch. Uns Romy war eine, Christiane Hörbiger,
Grit Böttger, Jane Fonda, Götz George, Christian
Wolff, Tony Marschall, Adriano Celentano, Franz
Alt, und last but not least, meine Cousine u. ich.
Sie sehen also, mit uns 38ern muss man rechnen,
sie sind da, sehr munter und mit 70 noch auf ihrem Posten und machen ihren Job mit viel Enga-
gement, Pflichtgefühl und Hingabe. Wir sind im
letzten Friedensjahr geboren und haben mit Be-
wusstsein die Schrecken des Krieges erlebt.

Die sehr arme Nachkriegszeit hat unsere Kindheit geprägt. Wir erinnern uns an die Währungsreform, als es auf einmal wieder alles gab. (nur wenig Geld)

Die Gründung der Bundesrepublik ist in unserem Gedächtnis. Wir hatten Staatsbürgerkunde in
der Schule und waren die ersten, für die, die

Gleichberechtigung der Frau eine Selbstverständlichkeit war, **wenigstens auf dem Papier!!**
Das Leben hat uns allerdings etwas anderes gelehrt und noch heute verdienen Frauen bei gleicher Tätigkeit ca. 20% weniger, traurig!

Nun wollen wir noch ein Wenig genießen und froh auf unser oft nicht leichtes, aber reiches Leben zurückblicken.

Inzwischen sind 11 Jahre vergangen, wenige der oben aufgeführten haben wir verloren, wir wurden letztes Jahr 80 und sind immer noch da, etwas Fuß lahm zum Teil zwar, aber noch einiger Massen geistig frisch.

Voller Spannung verfolgen wir, wie ein junges Mädchen aus Schweden den Mächtigen dieser Welt die Leviten liest, toll!!!!!

Siehe Überschrift!

Fahrt Bad Nauheim-Frankfurt

Ab 1993 fuhr ich zwei Jahre lang von Bad Nauheim nach Frankfurt mit der Bahn zur Arbeit.

Die Züge waren immer sehr voll am Morgen und so passierte es, dass wir meist stehen mussten. Zwischen zwei Abteilen war ein kleiner Vorplatz begrenzt mit Schiebetüren.

Auf der einen Seite war ein Raucherabteil und dies war an diesem Morgen ganz schön vernebelt.

Eine der dort sitzenden jungen Damen machte immer wieder die Schiebetür auf, die von den im Vorplatz Stehenden sofort wieder geschlossen wurde.

Das ging eine Weile so, zum „xten" Mal schlossen wir die Tür:

Da stand die junge Frau im Abteil auf, riss die Tür auf und schrie wutentbrannt: „Die Tür bleibt auf, wie brauchen Luft".

„Wir auch" hauchte ich in den Wagen und schloss ganz sanft die Tür wieder.

Sie blieb die restliche Fahrt geschlossen und wir konnten gut atmen.

Stolpersteine

Wer aufmerksam durch unsere Städte geht, ent-
deckt an verschiedenen Stellen im Bürgersteig
goldene Täfelchen, die ca. 10x10 cm groß sind.
Sie sind mit Namen und Daten versehen.

Viele heutige Menschen gehen achtlos daran
vorbei, schade und traurig, verbergen sich doch
hinter diesen „Stolpersteinen" die Schicksale von
Menschen, die einst Mal in den angrenzenden
Häusern gelebt haben.

Es waren hauptsächlich jüdische Familien, Mit-
bürger, die zum Teil Jahrhunderte lang hier gelebt
und gearbeitet haben als Händler, Bänker und
Beamte.

Die sich schon lange als Deutsche mosaischen
Glaubens fühlten. Deren Männer und Väter für
Volk und Vaterland in die Kriege gezogen waren.

Künstler, Ärzte und Wissenschaftler, deren Namen nicht mehr aus der deutschen Geschichte
wegzudenken sind.

Einige, die Geld und Beziehungen hatten, konnten sich ins Ausland retten oder untertauchen.
Um diesen Menschen und allen Nichtgenannten
ein Denkmal zu setzen, machte sich der Künstler
Gunter Demnig an die Arbeit und verlegt seit

Jahren in vielen Städten Deutschlands persönlich diese kleinen Platten, unermüdlich und am Anfang mit vielen Schwierigkeiten kämpfend…. Spenden nimmt er gerne entgegen.

Inzwischen ist uns bekannt, dass auch Sinti und Roma sowie Homosexuelle, Opfer der braunen Machthaber waren.

Diese Tafel hier ist erneuert worden, da sie völlig zerstört worden war, wie ich vor einigen Tagen selbst sah. Es gibt sie also auch heute noch die „Verleugner"

Als ich diesen Stolperstein für den Artikel fotografieren wollte, war er anscheinend mit Säure unkenntlich gemacht worden.
Die Stadt Frankfurt hat ihn binnen weniger Tage ersetzt, woher aber kommt dieser Hass? Hört das denn nie mehr auf.??? Hoffen wir aber, dass die Menschheit endlich gelernt hat, diesen Leuten energisch entgegen zu treten.

Als die S6 fertig wurde

Bei uns in Bad Salzhausen trafen sich regelmäßig drei Damen, um den Urlaub gemeinsam zu verbringen:

Da war die Grete aus Berlin, die Hanna aus Offenbach und die Frau Schickedanz aus Neu Isenburg.

Sie kamen jedes Jahr, manchmal sogar zweimal.

So wurde im Jahr 1982 die Idee geboren: Wir fahren nach Frankfurt mit der neu eröffneten S6 – ab Friedberg und Frau Möbus hilft uns bei der Rolltreppe an der Hauptwache.

Ja, und so haben wir das dann gemacht und uns dabei halb kaputtgelacht.

Mit jeder Dame bin ich einzeln die Rolltreppen rauf und runter und meine Damen waren glücklich, froh und munter.

Sie konnten am Abend von ihrem Abenteuer erzählen und haben das sicher auch zu Hause gemacht.

Heute mit 81 Jahren habe ich selbst Angst vor einer Rolltreppe. So wandeln sich die Zeiten oder die Menschen.

Da wir auch viel mit unseren Gästen gewandert sind, entstand dieses schöne Bild.

Wanderfreizeit in Simonswald

Zum Frühstück am 1.Tag ein rosa Herz mit Spruch an jedem Platze lag.

Am 2. Tag gab uns ein Bärchen ein Zahlenrätsel auf. Frau Storck hatte uns das beschert, wir kamen ganz bald drauf.

Die Weisheit für den 3. Wandertag regte die Gruppe an zum Philosophieren, jeder konnte seinen Spruch für sich individuell interpretieren.

Das Tagesmotto für den 4.Tag beschloss den Reigen, wie schade! Wir hatten uns doch gewöhnt an die „Grüße am Morgen", gerade!

Doch halt, Fortuna war uns weiter gewogen, kam doch am 6. Abend ein Glückskäfer mit Zahlenspiel geflogen.

Wir knobelten hin und wir knobelten her, dabei war die Lösung, wusste man's, überhaupt nicht schwer.

Der Aufruf zur Freiheit der Gummibärchen stimmte alle heiter und wir merkten, Mensch das geht ja weiter!!

Wie das weiterging, wurde uns gar bald klar, beim Samstagsfrühstück forderte ein „Magisches Dreieck" zum Tüfteln auf die Schar.

Wir danken der lieben Frau Storck für die Mühe, die sie sich gemacht und versichern ihr, die schönen Dinge haben uns viel Anregung und Freude gebracht.

Am letzten Abend, dass ich es noch erwähne, hatten wir auf einmal einen ganzen Tisch voll Schwäne.

Sie versprachen uns ein Wiedersehen bei sich zu Hause. Wir freuen uns drauf, ist's recht, vielleicht zur Jause???

Herbst

Blick aus meinem Schlafzimmerfester

Bekommst Du ein Geschenk und sei es noch so klein, so schließe es in dein Herz hinein!

Wenn es dann den Anderen nicht mehr gibt, kannst du sagen, wenn du die Gabe siehst, der hat mich geliebt!

Bekommst du stattdessen Geld, ist es sehr schnell vergessen, es ist, als hättest du es nie besessen!

Frankfurt in den Sechzigern

Als ich neulich darüber nachdachte, dass es 1964 in Frankfurt eine ganze Menge gab, was vielen Menschen heute gar nicht mehr bekannt ist. Aber wir „Alten" können uns noch gut an vieles erinnern, wie das damals war.

Da ist zum Beispiel der alte Flughafen, nein nicht der am Rebstock. Man saß auf der Terrasse des Restaurants und konnte den ganzen Flugverkehr beobachten, ohne irgendeine Sperre passiert zu haben. Ein Sonntag Nachmittagsvergnügen für die ganze Familie.

Die Fahrt zum Flughafen von der Innenstadt aus, dauerte länger als ein Flug nach Berlin von 35-40 Minuten

Das MTZ und die Jahrhunderthalle wurden gerade gebaut. Ich turnte mit meinem Mann auf den Baustellen herum.

Das erste Gastspiel des" Berliner Theaters des Westens" war „ My fair Lady", ach war das toll, mit Kurt Pratsch-Kaufmann, Karola Ebeling und Paul Hubschmid.

Das Stadtbad Mitte war ne Wucht, hier lernte mein Sohn tauchen, bevor er schwimmen konnte.

Um dort hin zu gelangen, musste man an der alten Oper rechts hinunter in Richtung Weiher gehen, dort lagerten an den Hängen die Hippies in Scharen.

Die Alte Oper war noch eine Ruine und die Tauben flogen ein und aus,

Wer hier in Frankfurt wohnte, kennt die Alte Oper lange Jahre so.

Gegenüber war **das " Cafe 'am Opernplatz"** und dahinter die „Kupferpfanne", ein Gourmetrestaurant.

An der Hauptwache wurde gerade an einem riesigen Loch gearbeitet, der „Tagebau" für die künftige U-Bahn. Das Loch reichte vom **Kaufhof bis zur Katharinenkirche.**

Das Cafe' Hauptwache war abgerissen, die Steine lagerten nummeriert in Sicherheit, es wurde nach Fertigstellung der U-Bahn wieder originalgetreu aufgebaut.

Es gab noch Woolworth, die Kaufhalle, das Kaufhaus Schneider, C&A verkaufte noch süße modische Kostüme in vielen Größen und keine Einheitskleidung.

Es gab noch Cafe Amend, Café der Tierfreunde, Wibra und das „Mozart" mit schönem altem Flair.

Wir fuhren mit der **Straßenbahn** nach Höchst und auf die Hohe Mark.
Man pilgerte zum „**Monte Scherbelino**" von „Neu Isenburg aus.

Den Jakobiweiher im Volksmund „Vierwaldstätter See" konnte man umrunden, zwischendurch auf den Bänken am See rasten und dann in der Gaststätte einkehren,ohne wie heute, von allzuvielen Flugzeugen belästigt zu werden.

Im Cafe am Goetheturm gabs Äppelwein und Kaffee mit Zwetschgenkuchen, und Bienenschwärme, wenn man von einer Wanderung z. B. vom Maunzenweiher kam.
Die Reihe ließe sich bestimmt noch fortsetzten, wer weiß noch andere Dinge?

Schon vergessen:

Die „Fly over" in Frankfurt am Main

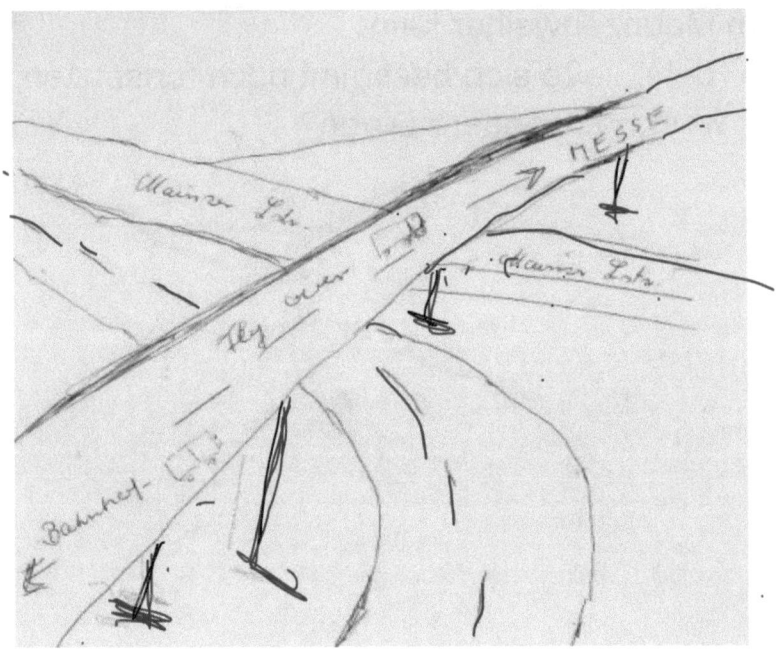

Da es sehr schwer war, ein Bild genehmigt zu bekommen, habe ich es nach Vorlage selbst ge-
zeichnet.! HM

Vom 5.11 1964 bis zum 9.8.1972 stand die

Stahlkonstruktion der sogenannten „Fly over"über den Platz der Republik.

Sie begann am Bahnhof um den Verkehr von **und zu der Messe** zu entlasten und die vielen Baustellen an der Mainzer Landstraße zu „überfliegen"!

Die Brücke war in wenigen Stunden aufgebaut worden und konnte nachdem sie nicht mehr gebraucht wurde, auch wieder ganz schnell entfernt werden.

Die Daten hierfür bekam ich dankenswerter Weise aus dem Archiv der

„Frankfurter Rundschau" vom dortigen Archivar.

Ps. Beim Stadtplanungsamt Frankfurt am Main hatte man keine Ahnung von diesem Bauwerk.

Streidelsdorf in Niederschlesien

Tante Hanni, die Kusine meiner Mutter und **ihr** Mann Onkel Neuhaus hatten das Rittergut in Streidelsdorf gepachtet. Ein eigenes Gut aus dem Erbe von Tante Hanni (Louisdorf) war kleiner, dort in der Nähe und es wurde von einem Pächter bewirtschaftet.

Wir kamen aus Stettin, ursprünglich nur um die Ferien dort zu verbringen, da inzwischen aber alle Familien mit Kindern wegen der starken Bomenangriffe aus Stettin evakuiert wurden, blieben wir dort.

Da wir in der ersten Zeit im Herrenhaus wohnten, waren wir auch zu Tisch bei Tante Hanni, wo sich mittags immerhin ca. 12-15 Personen versammelten, Verwalter, Sekretärin, Hauswirtschafterin usw.

In der Küche waren polnische und russische Mägde.

Für die französischen Kriegs-Gefangenen gab es extra einen Gefangenen-Aufseher, der immer die Schnapsflaschen aus den Heimat Päckchen seiner Schutzbefohlenen an den Bäumen

zerschlagen musste. Die ganze Gegend roch
nach Alkohol - Wachtmeister Walter war das!
Einmal ging er über die Koppeln und hatte nur
seine Aktentasche dabei, da sah er eine
Unmenge Wiesen Champignons, er zog seinen
Pullover aus, knotete die Ärmel und den Aus-
schnitt zu, füllte den Pullover und seine
Aktentasche mit den Pilzen und brachte den
Segen in die Küche vom Gut. Ich war dabei, als
alles in eine Zinkbadewanne geleert wurde, sie
war voll. Und ich habe es nach so vielen Jahren
nicht vergessen, wie fasziniert ich war.
So reich war der Boden dort im Osten,
Blaubeeren konnten wir Kinder im Stehen
pflücken.
Es wurden Jagden veranstaltet und der Dach-
boden hing voller Hasen. Um mich zu ärgern
sagte Onkel Neuhaus immer, es sei Katzen-
braten, wenn es Hase gab.
Auf dem Gut gingen wir viel barfuß, war das ein
Spaß am Abend, wenn wir uns an der Viehtränke
die Füße waschen durften – mußten.

Das ist Gut „Streidelsdorf" in Niederschlesien

Rechts oben sieht man das Schloß. Inzwischen habe ich von meinem Bruder ein Video mit den Ruinen dieser Gebäude bekommen, unterlegt mit sehr trauriger Musik. **Titel: Lost places. Man könnte heulen…**

Onkel Arthur

Onkel Arthur war der Vater meiner besten Freundin Ruth.

Er stammte aus Schlesien, Jahrgang 1895, Widder, und er ist 98 Jahre alt geworden, bei voller geistiger Frische.

In den 40er Jahren war er Konzertmeister am Schumanntheater in Frankfurt. Er spielte nach dem Krieg in einem amerikanischen Club in Kronberg, von wo er auch so manches Essen mit nach Hause bringen konnte.

Nach einigen Tätigkeiten in der Gemeinde, gab er bis ins hohe Alter Klavier- und Geigenunterricht bei sich zu Hause in Oberursel-Weiskirchen.

Seine Frau war die Jugendfreudin meiner Schwiegermutter in Frankfurt Heddernheim gewesen und die Familien hielten weiter Verbindung.

Als seine Frau verstorben war, kam er uns öfters in Bad Salzhausen besuchen.
Ein sehr aktiver 80er, der mit mir Gymnastik machte, meinem Sohn mit viel Temprament das

Schachspiel beibrachte und unsere Kurgast-
damen mit großem Charme unterhielt.
Auch bei Feiern war er ein gefragter Gast.

In Erinnerung ist mir ein Ausflug zur Nidda
Quelle im hohen Vogelsberg. Schon die Anreise
war ein Abenteuer, denn wir fuhren mit dem Bus
bis nach Schotten. Hier trafen wir meinen Mann,
der uns etappenweise mit dem Motorrad bis zum
Wegeingang zur Quelle hochfuhr.

Der Weg zu Niddaquelle ist urwaldbelassen und
ca. 2 km lang, wunderschön! Wir liefen ihn hin
und zurück also ca 4 km.

Im Anschuß daran fuhr mein Mann und mein
Sohn mit dem Motorrad nach Hause.

Ich lief mit Onkel Arthur wieder Richtung
Schotten.

Die junge Nidda fließt hier durch zwei Forellen-
teiche zu Tal, zauberhaft die Landschaft. Wir
hatten viel Freude und kamen, da der Weg
abwärts geht, gut voran. Onkel Arthur war mit
seinen Ende Achtzig sehr tapfer, obwohl die
Sonne heiß brannte. Als wir schon den Ort
Schotten von Weitem sahen, machten wir unter
einer Baumgruppe Rast.

Hier gesellte sich ein junges Paar zu uns, die ihr Auto in der Nähe geparkt hatten und die darauf bestanden, uns nach Schotten zu fahren, trotz des Protestes des guten Onkels.

Aber ich glaube, er war letzlich doch erleichtert, konnte das jedoch, typisch für seine Generation, nicht zugeben.

Ich habe ihn in späteren Jahren noch öfters in Weiskirchen besucht, wo er von seiner anderen Tochter Lilo betreut, noch lange Jahre selbstständig lebte.

Am Wegesrand

In der Dehnhardtstraße in Frankfurt mit dem
Handy aufgenommen im November 2018

Tante Pfarrer

Eine außergewöhnliche Frau, Jahrgang 1909, sie war evangelische Pfarrerin, durfte jedoch, wie das bis Januar 1975 war, nicht auf die Kanzel.
Sie gab Religionsunterricht an der Theresien-Oberrealschule für Mädchen in Ansbach, außerdem leitete sie die Mädchenjugendgruppe des Evangelischen Vereinshauses.

Meine Mutter lernte sie 1948 während einer Mütterfreizeit in Bad Steben kennen und war begeistert. Frau Pfarrer Herold war dort als Seelsorgerin für die Mütter tätig.

Ein Jahr später stand an, dass ich die Oberschule in Ansbach besuchen sollte. Diese war von unserem Wohnort nur mit Bahn, Bus und langen Fußmärschen zu erreichen. Außerdem hatte unsere Klasse wegen Raummangel nur immer nachmittags Unterricht, ich wäre immer sehr spät abends nach Hause gekommen.

Da hatten meine Eltern die Idee, ob ich vielleicht bei Frau Pfarrer wohnen könnte. Sie erklärte sich bereit, vor allem auch, weil ein Mädchen aus meiner künftigen Klasse (Christa Tietze aus Krautheim) auch bei ihr wohnen sollte.

Am 31.08.1949 mit gut 11Jahren fuhr ich also allein von Leutershausen nach Ansbach.

Die Schule begann am 1.September und ich war schon sehr aufgeregt und erinnere mich, dass ich den Nachmittag mit einem antiken Buch vor der Haustür verbrachte.

Sie bat uns, Christa und mich, sie Tante Pfarrer zu nennen. Das ganze Jahr in Ansbach hatten wir durch sie eine liebevolle Gastgeberin und mütter-liche Freundin.

Tante Mali, ihre Haushälterin sorgte für das leibliche Wohl mit den damaligen bescheidenen Mitteln.

Im Vorbau der Haustür war ein kleiner Hühnerstall mit 3 oder 4 Hühnern, die hatten alle Namen und Tante Pfarrer vermerkte sorgfältig, welche Federndame wann ein Ei gelegt hat und sparte auch nicht mit Lob für die Produzentin.

Unsere Gästefamilie vergrößerte sich nach einiger Zeit noch um ein Geschwisterpaar, den Jockel und die Annemie. Ich schätze mal, so drei und ein Jahr alt. Scheidungswaisen, Mama musste arbeiten! Noch mehr Arbeit, aber man half sich damals halt in Notsituationen.

Wir beide Christa Tietze und ich schliefen unter dem Dach unter den blanken Ziegeln und hatten riesige Federbetten. Die sehr steile Leiter in unser Reich ging von der Küche aus hoch.

In diesem Herbst machten wir die Wälder rund um Ansbach unsicher mit allerlei Spielen, wie Schnitzeljagd und Räuber und „Schander" etc. Das war eine schöne Zeit und eine ganz neue Erfahrung für mich.

Im Februar 1950 feierte die Mädchenschule Fasching in der Turnhalle. Wir saßen bei Kakao und Krapfen an den Tischen, als an der Tür auf einmal eine Unruhe entstand:
Als erstes erschien Tante Pfarrer in ¾ Hosen und Stiefeln, einem abenteuerlichen Hemd mit Weste und einem ausladenden Hut.

Hinter ihr zog ihre komplette 4b Klasse ein. Ähnlich gekleidet wie sie. Wir waren baff und nun sollten wir raten, wen die Bande darstellen soll. Keiner wusste Antwort.

Sie stellte sich vor:
Ali Baba und die 40 Räuber.

Die ganze Turnhalle tobte und es entstand eine tolle Stimmung. Alle waren begeistert.

Ja, das war Frau Pfarrer Herold voller Humor und Schwung.

Die Jahre gingen dahin, meine Eltern waren im Juli 1950 nach Rothenburg o/T gezogen und ich konnte dort in die Oberschule gehen mit einem ganz geringen Schulweg.

1954 begann ich eine Hotel Lehre in München Lochhausen im Hotel am Langwieder See.

Durch meine Eltern erfuhr Tante Pfarrer, die inzwischen nach München Pasing gezogen war, dass meine Lehre sehr anstrengend ist: 14-16 Stunden in der Saison und das 6 Tage die Woche.

Sie hatte dort in Pasing einen Studienrat mit einem Sohn, schon fast erwachsen, geheiratet und sie hatten eine wunderschöne alte Villa.

Tante Pfarrer nahm Kontakt mit mir auf und bot mir an, dass ich am Abend vor meinem freien Tag zu ihr kommen könnte.

War das schön, ich fuhr mit meinem Fahrrad längs der Autobahn bis nach Obermenzing, von da war es nur ein Katzensprung nach Pasing. Ich durfte in ihrem Bett schlafen, ihr Mann wurde ausquartiert und morgens verwöhnte sie mich auf der sonnigen Terrasse mit einem guten Frühstück und viel Zeit für mich.

So etwas hatte ich noch nie erlebt, jemand der mich verwöhnte, ich heule hier, wie ich es schreibe.

Aber sie hatte auch ein Anliegen, ich sollte ihr das Kochen beibringen – Ich 17jährige sollte einer studierten Dame beibringen, wie man kocht. Das machte mich unheimlich stolz.

Also gingen wir am späten Vormittag einkaufen und kochten danach für die Familie ein gutes frühes Abendessen.- Das machten wir ein paar Wochen lang und ich war glücklich!

Ich fuhr dann wieder so rechtzeitig ins Hotel zurück, dass ich nicht in die Dunkelheit kam.

Entscheidung vor dem Morgengrauen

Im Sommer 1951 weckte mich meine Mutter eines Nachts mit den Worten: Zieh dich schnell an, da unten am Marktplatz wird gefilmt, komm, wir wollen mal nachsehen. Wir wohnten in Rothenburg o/T, begeistert folgte ich ihr.

Als wir am Marktplatz ankamen, entdeckten wir ganz unten vor dem Schmuckgeschäft Hildegard Knef auf einem Faltstühlchen.

Sie wartete auf die nächste Einstellung, so dick geschminkt, konnte man sie kaum erkennen.

Wir liefen weiter die Schmiedgasse runter bis zum „Plönlein" und sahen, wie ein Kradfahrer Richtung „Kobolzeller" Tor fuhr und das, mehrere Male. Später erfuhren wir, dass das Oskar Werner war.

Einige Jahre später sah ich den Film im Kino und wir waren dabei gewesen.

Berufsschule für das Hotelgewerbe

In den Jahren 1956 und 1957 im Herbst fuhr ich jeweils für 6 Wochen von Ludwigsburg aus in die Landesberufsschule Konstanz am Bodensee zum Blockunterricht.

Für uns Lehrlinge, die wir die ganze Saison über sehr viel gearbeitet hatten, war das wie ein Erholungsurlaub.

Das „Waldhaus Jakob" ist ein Hotel direkt am See gelegen. Es schloss im Herbst für Gäste und beherbergte nun uns Schüler.

Der Speisesaal wurde zum Unterrichtsraum und die Gästezimmer wurden zu unserem Zuhause auf Zeit.

Hier kamen die Mädchen von den Hotels aus ganz Baden- Württemberg zusammen.

Nebenan war ein kleineres Gebäude, **der Torkel**, in den durften wir im letzten Jahr, weil dort keine Aufsicht war und man uns nun für vernünftig genug hielt.

Da wir aus so vielen verschiedenen Häusern kamen, war es natürlich interessant, zu hören, wie

„lief das?" in den anderen Lehrbetrieben. Es war stets ein reger Gedankenaustausch.

Die Jungs waren auf der Reichenau im Inselhotel untergebracht.

An den Sonntagen waren wir viel in der Umgegend unterwegs. Die blumenreiche Mainau konnten wir zu Fuß erreichen über eine Brücke. Nach Meersburg fuhren wir mit dem Schiff von unserem Steg aus. Nach Konstanz in die Stadt liefen wir am See entlang.

Im ersten Jahr 1956 hatten wir eine wunderschöne Fahrt nach Zürich ins Opernhaus und sahen dort die Meistersinger.

Auf dem Steg des Hotels mit Rosemarie Deeg aus Bad Mergentheim

1957 war es im Oktober noch so warm, dass ich sogar noch im Bodensee baden konnte.

Der Aufenthalt und die Fahrt wurden vom Lehrherrn und den Eltern zu gleichen Teilen finanziert, ich glaube je DM 180.

Der Abschluss war dann im November 1957 die Gesellenprüfung mit den Jungs zusammen im Inselhotel auf der Reichenau.

Gestärkt und je nach Zeugnis stolz, fuhren wir in unsere Ausbildungsbetriebe zurück.

Unsere „IHK- Prüfung" auf der Reichenau

Fahrt nach London

Im April 1988 „fuhren" meine **Freundin** Marianne und ich nach London, ja wir fuhren, und zwar mit einem 24er-Bus eines Reiseunternehmens aus Miltenberg.

Mutig machten wir uns mitten in der Nacht mit einem Taxi zum Hauptbahnhof Frankfurt auf. Abfahrt 24.00 Uhr.

Die Fahrt sollte fünf Tage dauern. Schon der Hinweg war ungewöhnlich über Seebrügge in Belgien und von da aus 120 km über See bis Dover.

Der Taxifahrer fragte uns „na wo wollt ihr denn hin?" Als wir es ihm sagten, war seine Antwort, was, zur „Themseliesel wollt ihr??"

Die Fahrt über die relativ leeren, in Belgien gelb beleuchteten Autobahnen, war schon sehr aufregend, immer hatte ich im Hinterkopf, „hoffentlich schläft uns der Fahrer nicht ein und fütterte ihn mit Bonbons und Keksen.

Um 6 Uhr sollte das Fährschiff in Seebrügge abfahren, wir mussten also pünktlich sein. Als Reiseleiter hatten wir einen Herrn, der früher Sozialarbeiter in London gewesen war, was, wie sich

später herausstellte, von großem Nutzen war.
Von dieser Fahrt über See haben wir allerdings wenig gesehen, weil doch viel Nebel und Dunst war.

Als wir in Dover ankamen, mussten wir alle in unser Fahrzeug im Schiffsbauch steigen. Diese Idee hatten alle anderen Fahrzeugführer auch.
Jeder ließ sein Fahrzeug laufen und dadurch entstand ein fürchterlicher Qualm und Gestank.

Nach geraumer Zeit kamen wir endlich wieder ans Tageslicht und waren ganz schön benebelt.

Nachdem unsere Pässe kontrolliert waren, brausten wir froh, Richtung London ab.

"Linksverkehr", war schon eine Umstellung für unseren Fahrer.

Bald erreichten wir unser Hotel „Elefant und Castle" und suchten unsere Zimmer auf für eine kleine Ruhepause.

Aber wir wollten ja was sehen:

Die nächsten Tage besuchten wir, den Tower mit den Wächtern" Beafeater"*, das „Wachsfiguren Kabinett der Madame Toussaud" (dort stand Boris Becker neben Helmut Kohl), sowie mehrere

Kathedralen, Downing Street Nummer 10, Piccadilly Circus und den Heyde Park.

Einen Tag hatten wir zur freien Verfügung, erste Anlaufstelle war die „Hors Garde" mit Wachwechsel. Und danach suchten wir natürlich die Oxfordstreet auf, um anschließend zu Fuß über den St. James Park am großen Viktoriadenkmal vorbei, zum Buckingham Palace zu gelangen.

Diese schönen Erlebnisse ließen uns vergessen, wie armselig und einfach das vielgepriesene englische Frühstück war.

Normales Mittagessen wie bei uns, ist auch nicht möglich, die Fleischgerichte (Steaks) sind so teuer, dass man sie sich als einfacher Tourist nicht leisten kann. Wir begnügten uns dann halt auch mit „Fish and Chips" oder in einem der vielen Läden mit Salaten aus der Theke.

Den Abschluss bildete eine Fahrt nach Brighton und durch Südengland mit den vielen kleinen mittelalterlichen Städtchen bis Canterbury mit der mächtigen Kathedrale.

Von hier aus fuhren wir wieder nach Dover aufs Schiff.

Die nächtliche Fahrt über den „Kanal" war ein fantastisches Erlebnis. Es war klar, die vielen „Leuchtpunkte in der Dunkelheit" ließen uns fast die ganze Fahrt über draußen stehen und staunen…

Ja und irgendwann waren wir nach einer müden Fahrt über die Autobahn auch wieder in unserem geliebten Frankfurt.

*, Beefeater weil in Notzeiten nur die Tower Wächter Fleisch bekamen

Wanderung zum Schloss Solitüde

Im Herbst 1956, ich lernte im 2. Jahr in Ludwigsburg im Stuttgarter Hof als Hotelfachfrau, damals offizielle Berufsbezeichnung HGG.

Es traf sich, dass zwei Mädchen mit mir am gleichen Tag frei hatten. Wir beschlossen eine Wanderung zum Schloss Solitüde zu unternehmen.

Das waren ca.10 km, aber mit 18 Jahren kann man ja Bäume ausreißen. Wir machten uns sehr früh auf den Weg und marschierten zügig durch. quatschten und lachten viel.

Besonders Adelheid aus der DDR hörten wir gerne zu. Das war so eine „ganz andere Welt". Sie hatte ein aufziehbares Grammophon und war meine Zimmergenossin. Damals kam die Heimwehplatte mit Freddy Quinn raus und wir spielten sie in Ermanglung anderer, ziemlich oft, auf der 2.Seite war „Sie hieß Marianne" (englisch)

Als wir den Berg zu Schloss Solitüde hinauf gingen, holte uns ein schwarzer VW ein und hielt an.

Ein Herr mittleren Alters stieg aus und stellte sich vor. Wir erzählten ihm, wo wir herkamen und wir hinwollten. Er war begeistern und lud uns spontan ein, uns am Abend beim Hotel abzuholen und zum Stuttgarter Fernsehturm zu fahren, die Auffahrt mit Aufzug zu bezahlen, je 5,-- DM, uns zu begleiten und auch wieder heim zu fahren.

Der Fernsehturm war gerade fertig geworden und die ganzen Baumaterialien standen noch rum, aber wir konnten hochfahren und das nächtliche Stuttgart bewundern.

Unser Begleiter brachte uns wie versprochen rechtzeitig wieder ins Hotel nach Ludwigsburg zurück.

Es war einfach ein aufregendes und auch nach so vielen Jahren unvergessenes Erlebnis, ein kleines Abenteuer.

Ein Fernsehturm 1956!

Die Wegscheide

Alle Frankfurter Kinder von 9 bis 90, bei denen man etwas von der Wegscheide erwähnt, bekommen glänzende Augen.

Schon seit den 30er Jahren fuhren sie hin und wieder mit der Schulklasse in das Landschulheim.

Als vor einigen Jahren Bad Orb 950 Jahrfeier hatte, gab es eine Festschrift. Auch da wurde von der Wegscheide berichtet. Und dass damals die Kinder mit dem Zug bis Bad Orb kamen und dann singend durch den Ort liefen und hoch zur Wegscheide wanderten. Die Orber freuten sich!

Heute werden sie bis nach oben mit dem Bus gefahren.

So schön und eine vermeintlich heile Welt darstellend war die Wegscheide leider seit ihrem Bestehen nicht durchgängig.
Sie wurde während des zweiten Weltkrieges als Gefangenenlager genutzt.

Nach dem Krieg bot sie vielen Osteuropäischen Flüchtlingen Unterkunft.

Erst spät in den 50ern war sie wieder das, wofür sie mal erbaut worden war. Eine Art Sommerschule oder Ferienaufenthalt für Frankfurter Kinder.

Heute werden dort auch verschiedene Seminare veranstaltet und die Kinder und Jugendlichen lernen die wunderschöne Natur und gute Luft zu schätzen.

Was ich super finde, sie müssen in der Regel, ihre Handys und Smartphones auf Zeit abliefern, damit sie mal wieder eine normale Welt kennen lernen und nicht von der Technik abgelenkt werden.

Gedächtnistraining

Alle 14 Tage am Donnerstag um 10.30 Uhr.
Sind wir geistig mit Frau Vogl fleißig!

„Meine Lieben, gehen Sie ja neue Wege",
sagt sie. Nur so bleibt Ihr Gehirn auch weiter
rege"!
Am Anfang gibt es meist Kettenwortrunden
Und dann rauchen unsere Köpfe 1 ½ Stunden

Was Frau M. hat schon alles?
Ein kurzer Blick zur Nachbarin im Fall des Falles!

Was haben sie beim Punkt 3?
Ach, der ist bei Ihnen auch noch frei?!

Frau Vogl fragt: Sie haben nicht alles richtig?
Macht nichts, der Weg dahin ist wichtig.

So haben wir auch fürs nächste Mal wieder Mut.
Wir sind keine Elite, wir sind einfach nur gut!

Inzwischen hat die Bernadette das Zepter übernommen
und unsere liebe Marlies kommt, wenn die beiden anderen
Damen verhindert sind.

Sühnekreuze

Meine erste Begegnung mit einem Sühnekreuz hatte ich in den 60er Jahren an der **Gerbermühle**.

Während der Rundfahrten mit dem Schiffchen, machte man auch dort Halt.

Später bin in ich dann sehr oft mit meinem Mann am Sachsenhauser Ufer bis zu dem Ausflugslokal gelaufen.

Neben der Mühle gab es ein brachliegendes Grundstück mit zum Teil verdorrtem Gras. Hier halb versteckt, schräg liegend, gab es ein Sühnekreuz mit Text: Ein Sohn hatte es gesetzt für seinen Vater, der wohl einen Mord begangen hatte.

Diese Kreuze wurden aufgestellt zwischen z.B. verfeindeten zwei Familien, nach einem Mord oder Totschlag; in der Regel von dem Sohn des Mörders.

Es wurde dann eine Sühne bezahlt und der Streit zwischen den Parteien so beendet.

Ab dem Jahr 1533 wurden solche privaten Abmachungen nicht mehr geduldet.

Unter Kaiser Karl, dem V. wurde die sogenannte **Halsgerichtsordnung** eingeführt.

Es gab ein ordentliches Gerichtsverfahren, das den Täter nach dem neuen Recht verurteilte.

Viele Jahre später bin ich wieder an der **Gerbermühle** gewesen, ich habe leider aber dieses Kreuz nicht mehr gefunden. Das Grundstück war vollständig saniert und als Tennisplatz ausgebaut worden.

Erinnert war ich worden, als ich im Seniorenheim Bad Orb (ich hatte, hier 5 Jahre ehrenamtlich den Senioren vorgelesen) einen Lichtbilder-Vortrag über Wege,- und Sühnekreuze gesehen hatte.

Erlebnisse im Krankenhaus

1991 war ich im Frankfurt Höchster Krankenhaus zur Nierensteinzertrümmerung.

Mit mir im Zimmer lag eine junge Frau, 34 Jahre, die sehr schwer an Krebs erkrankt war. Sie musste in Abständen immer wieder ein paar Wochen kommen, damit bestimmte Körperfunktionen aufrechterhalten wurden.

Wir hatten von Anfang an einen guten Draht zueinander und wenn sie unter Morphium stand, also die Schmerzen vermindert waren, lachten wir viel miteinander.

Sie erzählte mir, dass sie einen großen schwarzen Kater hat, den sie, da sie ja nicht allein auf die Straße kann, mit einem Korb am Seil aus dem Fenster hinunterlässt und auch wieder hochzieht.

Als ihr Mann zu Besuch da war, sagte sie zu ihm, zeig doch der Frau Möbus mal unseren Sohn. Er holte ein paar Bilder des wunderschönen Tieres aus der Brieftasche. Ich freute mich mit ihnen.

Wenn dann wieder die Schmerzanfälle kamen und ich die Dame leiden sah, musste ich aus dem

Zimmer fliehen und draußen oder in der Kapelle weinen. Sie wollte auch kein Mitleid.

Irgendwann wurde ich entlassen und habe nie wieder von ihr gehört.

Da bei mir ein Splitter hängen geblieben war, musste ich ein zweites Mal eingewiesen werden.

Beim Warten auf eine Behandlung, lernte ich eine ältere Dame aus Schwanheim kennen, sie machte mich mit einem ca. 10 Jahre jüngeren Mann bekannt, der in der Männer-Urologie im gleichen 13. Stock war.

Wir drei hatten fortan unheimlich viel Spaß miteinander, vor allem, da wir das Privileg bekamen, auf dem Gang zu essen. Das Personal deckte extra draußen einen Tisch für uns.

Da wir alle drei Treppen steigen sollten, damit sich noch vorhandene Splitter lösten, fuhren wir ins Erdgeschoss und liefen die 13 Stockwerke hoch.

Einmal büxten wir sogar aus und amüsierten uns köstlich auf der Königsteiner Straße, wir tollten wie die Teenager durch die Gegend und kauften uns an einem Kiosk einen Kräuterbitter, was unsere Heiterkeit noch steigerte. Das waren meine **Krankenhausschatten** in Anlehnung an einen Kurschatten.

Ich habe einen Schal gehäkelt und sagte immer, der muss hier fertig werden, eher gehe ich nicht, der Schal wurde fertig!
Ps. Der Herr kannte mich, wie sich später herausstellte, ich hatte 5 Jahre in Höchst im Großhandel an der Kasse gesessen und er war als Jugendlicher mit seinem Vater, Kioskbesitzer zu uns zum Einkauf mitgekommen.

Die Anfänge der Mobilität in Deutschland

Die Bauern aus der Wetterau, dem Vogelsberg, dem Odenwald und dem Spessart haben Jahrhunderte lang ihre landwirtschaftlichen Erzeugnisse auf Karren, Gespannen oder zu Fuß nach Frankfurt gebracht.
Mir wurde vor Jahren erzählt, dass man in Stornfels, jetzt ein Ortsteil von Nidda um 3 Uhr in der Früh losging, um die Eier und andere Waren in Frankfurt auf dem Markt zu verkaufen.

In den 80 Jahren des 19.Jahrhunderts wurde dann die Eisenbahn nach Nidda bzw. Schotten gebaut. Die Bäuerinnen konnten so direkt nach Frankfurt kommen und ihre Waren feilbieten. Auch kamen die Menschen jetzt viel leichter auf die Märkte der Wetterau.

Ich las in einer Beschreibung, dass das mit den Fahrplänen bzw. mit den Ankunft- und Abfahrplänen nicht so leicht war, da jedes Herzogtum eigene Uhrzeiten hatte. Das musste erst einmal auf einen Nenner gebracht werden.

Es gibt unzählige Anekdoten aus den Anfängen der Eisenbahn.

Aus dem Büchlein „Oberhessische Eisenbahn" zitiere ich hier mit eigenen Worten:
Wie überall, wehrte man sich gegen diesen neumodischen Kram, auch mussten ja die Bauern Land abgeben und waren deshalb stinksauer!

Da sagte einst am Stammtisch ein Bauer zu einem seinem Nachbarn: Ich habe die Pläne auf dem Rathaus gesehen, die „Eiseboh" fährt direkt durch deinen Hof. Da erwiderte der Angesprochene, die solle sich bloß nicht einbilden, dass ich jedes Mal das Hoftor auf und zu mache, wenn ein Zug kommt.

Mittenwald 1951

In den Sommerfreien 1951 fuhren wir mit Fräulein Bertram und Herrn Wild. unseren Gymnastiklehrern aus Rothenburg o. T. nach Mittenwald.

18 Mädchen in einem Heustadel wohnen und schlafen, Kochen in einer Schule, waschen und Zähne putzen am Bach.

Wir hatten alle unsere Schlafsäcke mit. Meiner gehörte einem Kollegen meines Vaters, und wir schliefen wie die Sardinen in einer Büchse immer 6 Mädchen in einer Box. Viel umdrehen war nicht.

Neben mir lag „Gitti", wie ich 13 Jahre alt, mitten in der Nacht bekamen wie beide einen Lachanfall, wie das bei Teenagern (damals noch Backfische) so normal ist

Herr Wild holte uns nach unten und stellte uns quasi in die Ecke, der Stadel ist einfach wie eine Scheune, kalt und ungemütlich.

Wir haben bestimmt eine Stunde in der Kälte verbracht, bis uns Fräulein Bertram erlöste und wir wieder in unsere Schlafsäcke durften.

Die Berge rund um Mittenwald haben wir erwandert und bei Regenwetter hat jeder von aus Steinen, Moos und Holzstückchen eine Fantasielandschaft auf einem Holzbrettchen gebastelt.

Am Bach gründeten wir den Mittenwalder Gurgelverein.

Abwechselnd machten wir Dienst in der Schulküche wo unsere beiden Ältesten sechzehn und achtzehn Jahre alt, jeden Tag für alle ein schmackhaftes Essen bereiteten.

Unsere Jüngste fiel eines Tages in den Bach, der in die reißende Isar mündet. Die Mädchen, die das beobachtet hatten, schrien, dass sie schon ganz weit Richtung Fluss schwimmen würde. Herr Wild hechtete in den Bach und zog sie raus.

Täglich musste von uns abwechselnd das „Plumsklo" geleert werden. Ein Kübel mit 2 Henkeln wurde in die Isar gekippt. Keine schöne Aufgabe, **aber was muss das muss! Und es kamen alle dran.**

Der Heimweg im Bus hatte sich so verzögert, dass unsere Eltern auf dem Rothenburger Marktplatz bis Mitternacht auf uns warten mussten. Wir hatten uns die Zeit auf der Fahrt vertrieben mit

Liedern wie, „*Von der dummen Schule kommen wir, unser Lehrer ist genauso dumm wie wir, mit der Brille auf der Nase sieht er aus wie ein Osterhase...*

Die Fahrt war, wie Sie merken, ein unvergessliches Erlebnis trotz der Mitarbeit und der Einfachheit.

Sie kostete unseren Eltern DM 50.--

Linsen verlesen

Linsen verlesen, kennt heute kein Mensch mehr.

Wenn man in den späten 40ern Linsensuppe kochen wollte, musste man sich am besten am Abend vorher hinsetzten und die Steine aus den Früchten lesen.
Meine Mutter war zu Bruder und Schwägerin nach Merseburg in der DDR gefahren.

Die Patin meines Bruders, Tante Friedel versorgte uns. Es gab Linsensuppe.
Während des Essens wurde ihr liebes Gesicht immer länger.

Mein Vater hatte so viele Steine gefunden, dass er damit den Rand seines Tellers rund rum belegen konnte.

Als er ihr Gesicht sah, sagte er, es täte ihm sehr Leid aber er könne doch die Steine nicht runterschlucken.

Ja so war das damals vor der Währungsreform. Das kann sich sicher heute keiner mehr vorstellen, so manche Zahn Füllung fiel den Steinen zu Opfer. Ist uns allen eigentlich klar, wie gut es uns heute geht?!

Die Siebenbürger

Anfang der 50er Jahre, als ich in Rothenburg o. T. in die Oberrealschule ging, bekamen wir eine neue Mitschülerin, Christine Göpfert aus Siebenbürgen.

Große Frage, wo ist Siebenbürgen?

Zur gleichen Zeit entdeckten wir im Burggarten eine ältere Dame, die dort Batist Blusen bestickte. Die Touristen, zu dieser Zeit vornehmlich Amerikaner, standen um sie rum und fanden es „lovely" und nice, besonders, weil diese Dame eine ähnliche Bluse trug mit einem superweiten Rock, der viele Unterröcke ahnen ließ, sowie eine sparsam bestickte dunkle Weste und ein Kopftuch.

Der Verkauf lief sehr gut, denn sie saß auf einer Bank am Eingang, die rund um einen Baum gezimmert war, gleich hinter dem Burgtor rechts.

Wenige Zeit später nahm unser Geographielehrer Christine zum Anlass, uns mit deren Heimatland bekannt zu machen.

Das Hochland von Siebenbürgen liegt zwischen Ungarn und Rumänien.

Wie ich kürzlich erfahren habe, kamen viele Siedler vom Niederrhein dorthin.

Sie sind seit dem **12. Jahrhundert** in dem Landesteil Siebenbürgen ansässig und sind damit auch heute noch die älteste existierende **deutsche** Siedlergruppe in Osteuropa. Ihr Siedlungsgebiet liegt außerhalb des zusammenhängenden deutschen Sprachraums und hatte nie Anschluss an reichsdeutsches Territorium.
Neulich las ich, dass dies die größte deutsche Volksgruppe außerhalb des Mutterlandes war.
Die Männer wurden im zweiten Weltkrieg zur deutschen Wehrmacht eingezogen.

Was mich schon immer fasziniert hat: Sie erhielten sich ihr Deutschtum und ihre Sprache über die Jahrhunderte bis auf den heutigen Tag.

Es gab deutsche Schulen und in den Städten Herrmannstadt und Kronstadt wurden deutsche Universitäten gegründet.

„Die Siebenbürger Sachsen" sind auch heute noch eine deutschsprachige Minderheit im jetzigen Rumänien, die die Reliktmundart Siebenbürgisch-Sächsisch sprechen.

In den 50er Jahren veranstaltete man große Treffen von Deutschen, die in dieser Region gesiedelt hatten, in Rothenburg o. T. in Mittelfranken und wir bewunderten die herrlichen Trachtenumzüge.

Die Treffen sind heute in Dinkelsbühl, wie ich von meinem Nachbarn, selbst Siebenbürger, erfuhr.

Unser lieber Baum,
Er starb am 25.07.2019 Eigene Aufnahme
von meinem Balkon aus im Winter 2017/18

Ariane

Ariane war die kleine Pudeldame, Apricot- Farben unserer Nachbarin in Bad Salzhausen. Sie war noch sehr jung und vor allem neugierig und an-hänglich.

Eines nachmittags hatte ich in Friedberg zu tun und war in Richtung Bahnhof unterwegs, als sie sich zu mir gesellte. Alles bitten, „Ariane geh nach Hause" half nichts, sie blieb mir auf den Fersen. So kamen wir an dem kleinen Bahnhof im Wald oberhalb des Kurparks an.

Gottseidank wusste ich die Telefonnummer der Familie auswendig und rief von der Telefonzelle aus an und bat den Sohn Peter schnell zu kom-men, da ich ja den Zug nicht versäumen konnte.

Kurze Zeit später fuhr schon der Zug mit einer Dampflok ein. Ich hockte mich zu Ariane und hielt sie fest, denn so etwas hatte sie noch nicht gese-hen und sie zitterte am ganzen Körper.

Da kam auch schon Peter, ein Fahrgast hob sie über den Zaun in Sicherheit und wir konnten fah-ren: Der Lokführer hatte wohl erkannt, was sich da ereignete und hatte etwas gewartet.

Als ich abends wieder in Bad Salzhausen ankam
und heimwärts lief, wer kugelte mir da vor die
Füße?! Ariane! Sie hatte geschickt ihr Frauchen in
Richtung Bahnhof gelenkt
War das eine Freude, ab dem **nächsten** Tag kam
sie jeden Morgen unseren Plattenweg herunter.
Da die Balkontür offen war, spazierte sie herein,
führte einen Freudentanz auf und biss mir spiele-
risch anschließend in Zehen und Ferse, da ich nur
Sandalen anhatte. Dann rief ich, **Ariane lauf zum
Frauchen, die wartet auf dich!** Und dann rannte
sie mit fliegenden Ohren Richtung nach Hause.

Jahre später, als unsere Nachbarin dann in Bad
Nauheim wohnte und ich sie dort besuchte, rann-
ten wir beide Ariane und ich durch den dortigen
Kurpark um die Wette. Ein „**Ariane Auf** " ge-
nügte, dann begann unser Wettlauf.

Und wieder ein paar Jahre später erblindete das Hündchen, durfte aber weiter beim Frauchen bleiben. Sie erkannte mich an der Stimme und vielleicht am Geruch. Dann begrüßte sie mich mit einem leisen Fiepen ……

Dresden 1980

Im Sommer 1980 veranstaltete die Deutsche Bun-
desahn eine 4tägige Reise nach Dresden damals
noch DDR.
Dazu lud uns, meinen älteren Bruder und mich,
unsere Mutter ein.

Mein Bruder hatte aber Angst, dass er den
Mund nicht halten könnte und deshalb verzichtete
er. Also fuhren nur Mutti und ich.

Wir wohnten im "Hotel Lilienstein" am Bahnhof,
ein Vorzeigehaus. Alles war bestens organisiert,
das Frühstück, wie heute auch noch vielfach in
den neuen Bundesländern außer Haus.

Die Passagiere unseres Sonderzuges wurden
auf 4 Busse verteilt und wir erhielten je eine junge
Hostess, reizende junge Mädels, die aus ihren
Herzen keine Mördergrube machten und die die
Missstände ihres Staates sehr wohl witzig kom-
mentierten.

Wir besuchten den Zwinger (große Sammlung be-
rühmter Bilder, die Moritzburg (Dragonervasen) ,
Meißen, Porzellan mit anschaulicher Produktions-

präsentation und die sächsische Schweiz, die berühmte Bastei. Sowie Schloss Pillnitz das Schloss August des Starken.

Einen Nachmittag hatten wir zur freien Verfügung. Natürlich fuhren wir nach Kleinzschachwitz hinaus, hier hatten die Großeltern gewohnt, hier hatte ich meinen ersten Geburtstag gefeiert, hier waren wir mindestens zwei Mal im Jahr zu Besuch gewesen. Ja und hier hatten wir nach der Flucht aus Schlesien die großen Bombenangriffe 1945 erlebt und das Kriegsende mit Einzug der Sowjet Armee.

Erinnerungen, Erinnerungen. Erinnerungen

In der Straßenbahn dort hin, schauten uns die Menschen interessiert an, sie sahen, wir kommen aus dem Westen. Später erzählte uns mal jemand, ihr hattet ein viel sicheres Auftreten als wir...

Noch eine deutsch/deutsche Geschichte. Am Abschlussabend feierten wir alle zusammen aus allen 4 Bussen. Auf einmal großes „Hallo", eine der jungen Hostessen entdeckte ihren Onkel, der die ganze Zeit in einem anderen Bus mit gefahren war. War das schön!

Dresden
Die Frauenkirche im Scherenschnitt
vor der Zerstörung

Hamburg 1981

Eigentlich war es nur eine Werbefahrt für 149 DM pro Person. Aber es wurde **das Erlebnis!!!**
Wir fuhren mit einem Bus von Nidda aus hoch nach Norddeutschland.

Meine Mutter mein Sohn und ich. Und… wohnten in einem Hotel auf der Reeperbahn.

Eben war die erste Zeitumstellung gewesen und so waren es ellenlange Abende, zum Bummeln an den Verkaufsständen vorbei. **Mutti interviewte alle HändlerInnen.**

Bei der Führung durch „die Herbertstraße" wurden die Kinder außen herumgeführt, aber wir Erwachsenen waren schon neugierig.

Die „Köhlbrandbrücke" faszinierte uns, sie war 1974 fertiggestellt worden.

Die Schöne Aussicht und Bellevue wurden gebührend bewundert.

Die Butterfahrt rund um Fehmarn ließen wir ausfallen und fuhren stattdessen in Heiligenhafen „Tretboot".

Und das Tollste, es gab eine Fahrt auf der „Alten Liebe" nach Helgoland von Hamburg aus, heute fahren die Schiffe von Cuxhaven aus ab. Es ging am „Alten Land" vorbei, die Obstbauern von hier kamen regelmäßig im Herbst zu uns und verkauften ihre Äpfel vom Wagen.

In Helgoland wurden wir „ausgebootet" da die Schiffe wegen der Sandbank nicht so nah ranfahren können.

Der Aufenthalt auf der Insel in der reinen klaren Luft war wunderschön!!

Kaum vorzustellen, dass da 1945 nichts mehr war, alles war dem Erdboden gleich gemacht worden.1951 bekam Deutschland die Insel von England wieder, nachdem 2 Studenten aus Heidelberg mit einer friedlichen „Besetzung" 1950 ein Zeichen gesetzt hatten, nahmen die Engländer endlich mit Bundeskanzler Adenauer Kontakt auf.

Alles war voller Bombentrichter gewesen, Geröll und aufgewühlter Erde. Die Häuser wurden vollständig wieder neu aufgebaut.
Aber ich denke, der Charme, den die alte Bebauung hatte, konnte man nicht mehr herstellen. Mir stellte sich der Ort als sehr nüchtern und modern dar. Aber die Helgoländer hatten ihre Insel wieder und das war es wert!!

Eine Dame hier im Haus stammt aus Lettland. Sie wurde aber in Bayern geboren. Ein Gespräch mit ihr, regte mich an, über

Lettlands Wechsel/leidvolle Geschichte.

zu schreiben:

Vor ca. 3000 siedelten die ersten Vorfahren der Letten an der Mündung der Düna in die Ostsee, (lettisch Daugava).

Im Jahr 1193 rief der Papst Celestine III. zu einem Kreuzzug in diese Gegend auf, um die Nordeuropäischen Völker zu christianisieren. Die Kreuzritter kamen ins Land

1201 wurde Riga, die jetzige Hauptstadt, von Polen und Litauen gegründet, sie hatten nun das Sagen in diesem Gebiet.

In verschiedenen Kriegen ab dem 16. Jahrhundert wechselten die Vormachtstellungen von Litauen/Polen und Russland.

Im 17.Jahrhundert eroberte die Schweden das Land. Ein Jahrhundert später übernahm wieder Russland die Oberherrschaft. Die Großgrundbesitzer waren meist deutschstämmig, seit der livländische Orden ins Land gekommen war. Es gab daher auch Deutsche Gemeinden, die nach der Reformation den evangelischen Glauben angenommen hatten.

Wie ich in der offiziellen Vorstellung der letti-
schen Kirche von heute lese:
An fünf Orten in ganz Lettland finden Sie unsere
Deutschen Evangelisch-Lutherische Kirchen.

Nachdem, nach dem 1. Weltkrieg die balti-
schen Staaten wieder an Russland gefallen waren, übernahmen die Nazi 1941 sie, als sie den
Nichtangriffspakt mit Russland brachen.

1945 wurde das Land wieder von der Sowjetunion eingenommen und ca.150000 Letten wurden in sibirische Arbeitslager geschickt.

Viele russische Bürger siedelten in der Folge in
Lettland und noch heute stellen sie ca. 25% der
Einwohner.

Dann kam „Gorbi" ein Segensmann für ganz
Europa.

Am 4.Mai 1990 konnte Lettland seine Unab-
hängigkeit von der Sowjetunion erklären,
diese wurde aber erst 21.8 1991 offiziell.
Seit 2004 ist Lettland ein Teil der EU und den
Euro haben sie seit dem 1.1.2014.

Schulspeisung

Einige von Ihnen erinnern sich sicher noch an die Schulspeisung in den Jahren 1945 bis 1949.

Auf Antrag und mit z.T. mit ärztlicher Genehmigung erhielten wir in diesen Jahren ein Mittagessen.

Jeder musste ein Gefäß mitbringen, in das die freundlichen Damen, das Essen schöpften.

Aus den Rohlebensmitteln, die sie geliefert bekamen, zauberten sie eine mehr oder weniger schmackhafte Mahlzeit

Der Höhepunkt der Woche war, wenn es Schokolade oder andere Süßigkeiten gab.

Die Lebensmittel kamen aus Armeebeständen der Besatzungsmächte.

Ich hatte, wie ich mich erinnere, ein kleines Marmeladeneimerchen, das leider oxidierte und dementsprechend, schmeckte manche Speise doch recht eigenartig.

Aber ich habe nicht gewagt was zu sagen. Wir waren froh eine warme Mahlzeit zu bekommen.

Osterfeuer in Leutershausen

Die Gruppe der angehenden Konfirmanden sammelten jedes Jahr im Ort Holz für das „Osterfeuer" in dem sie von Hof zu Hof zogen und ein Sprüchlein aufsagten.

Auf kleinen Leiterwagen schafften sie es auf einen nahen Hügel.

Bei diesen Unternehmen lernten die dreizehnjährigen Jungen „das Rauchen" und zwar aus selbst gefertigten Pfeifen gefüllt mit Kastanienblättern.

Regelmäßig wurde ihnen schlecht.

Dann kam der große Abend, nämlich der Ostermontag, der riesige Reisighaufen wurde entzündet und leuchtete weit über das Altmühltal.

Natürlich pilgerten fast die ganzen Städtle Bewohner auf den Berg mit Fackeln bewaffnet, die später für den Heimweg an dem Holzhaufen entzündet wurden.

Rund rum oberhalb der Ortschaften brannten auch überall die Osterfeuer. Es war ein toller Anblick.

Kirchenlieder und Volkslieder klangen sehr feierlich in die Nacht hinaus.

Für uns „Neigeschmeckte," wie man die Flüchtlinge nannte, war das eine ganz neue Erfahrung.

Der Heimweg mit den entzündeten Fackeln, Lichtpünktchen wanderten die Berge hinunter, war einfach schön!

Familiengeschichte Afrika-Amerika

In den 1980er Jahren sahen wir im Fernsehen in Fortsetzungen „Roots", die Geschichte von „Kunta Kinte".

Die Geschichte eines jungen Mannes aus Gambia, der am Strand von Sklavenhändlern gefangen wurde und nach Nordamerika entführt wurde.

Ca .300 Jahre später schreibt der amerikanische Schriftsteller **Alex Hailey** die Geschichte auf, so wie sie von dem „Afrikaner" seinem Vorfahren erzählt worden ist und über seine **Tochter Kitty** von Generation zu Generation, (insgesamt 7) mündlich weitergegeben wurde.

Es erscheint ein Buch und eben dieser Film. Alex Hailey will beweisen, dass die Überlieferung recht hat, also macht er sich eines Tages auf nach Afrika, seine Familie zu suchen.

In Afrika ist es üblich, dass weise Männer die Familienhistorien vieler **Clans** im Kopf haben und sie in einer Art Sprechgesang zu besonderen Anlässen mündlich weitergeben.

Nach einer falschen Fährte findet Alex so einen weisen Mann, gewinnt sein Vertrauen und bekommt die Anschrift der gesuchten Familie.

Als er dann zu den „Kintes" kommt, ist die Freude groß, man empfängt ihn wie einen verlorenen Sohn und er stellt fest, man hat in Afrika über drei Jahrhunderte die gleichen Geschichten erzählt, wie in Amerika:

Kunta wurde am „Gambi Bolongo" beim Muscheln suchen von den Sklavenhändlern entführt.

Was Ihr den geringsten meiner Brüder tut, das habt ihr mir getan. Das ist die Motivation der Mitarbeiter in der

Elisabethstraßen Ambulanz in Frankfurt

Im letzten Jahr meiner Tätigkeit im Caritasverband Frankfurt saß ich im Mitarbeitergottesdienst neben einem jungen Mann. Wir hatten kurz Gelegenheit uns auszutauschen, in welcher Einrichtung sind Sie und SIE?
Er erzählte mir von Seiner Tätigkeit in der ESA. Ich war fasziniert und ich versprach spontan, wenn ich fertig bin, komme ich zu Euch.

Ja und so ist es dann auch geschehen, Ende 2003, begann ich dort im Büro eine ehrenamtliche über 2- jährige Beschäftigung und erfuhr alsbald von der aufopfernden Arbeit dieser Kollegen.

Der Ambulanzbus mit einem Mitarbeiter ist täglich unterwegs. Ganz besonders in der kalten Jahreszeit werden viele Menschen aufgesucht und wenn möglich vor Ort behandelt oder mit dem Nötigsten versorgt.

Jeder Obdachlose, der in die Einrichtung behandelt wird, wird, wenn es notwendig ist, gesäubert, und bekommt die Nägel und Haare geschnitten usw.

Diese Maßnahme allein ist schon ein Dienst am Nächsten, wozu bestimmt nicht Jeder draußen bereit wäre.

Trotzdem bleiben „Alle" höflich, gelassen und liebevoll geduldig.

Gegründet wurde dieser Samariterdienst von Schwester Ursula, einer Ordensschwester auf einer Parkbank.

Später übernahm der Caritasverband die Schirmherrschaft und die Abteilungen finanzierten gemeinsam das Projekt. Bis dann offiziell die Elisabethstraßenambulanz entstand **in der Abteilung für besondere Lebenslagen.**

Die Leitung hat seither, Frau Dr. Goetzens (Schwester Maria von den Missionsärztlichen Schwestern)

Nach dem Umzug in die Klingerstraße konnte dank der größeren Räumlichkeiten ein zahnärztlicher und ein frauenärztlicher Dienst integriert werden.

Im Laufe der Jahre haben sich hier viele Ärzte während ihres Urlaubs bzw. ab dem Pensionsalter ehrenamtlich zur Verfügung gestellt.

Geld- und Kleiderspenden werden gerne entgegengenommen und laufend weitergegeben bzw. die Patienten werden zum Teil ganz neu eingekleidet.

Die Einrichtung kann mit Voranmeldung besichtigt werden.

Franzek

Franzek ist der polnische Name von Franz.

„Franzek" war der Knecht auf dem Hof von Mutter Becker in Streidelsdorf in Niederschlesien, wo wir von 1943 bis Anfang 1945 evakuiert waren

Er war sehr lieb mit uns Kindern. Stundenlag durfte ich auf dem 2. Sitz beim Mähen sitzen. Er und die russische Magd Katja schmissen die gesamte Wirtschaft, da die Bäuerin schon alt und verwitwet war.

Eines Tages fuhr Franzek auf das Hinterfeld im Wald.

Klein Hannelore, damals zwischen 6 und 7 Jahre alt, hatte von Mutti die Order bekommen, niemals mit einem Kriegsgefangenen allein irgendwo hin zu fahren.

Sie pflückte am Waldrand Brombeeren und war vorher noch mal erinnert worden!

Franzek kam vorbei und fragte ganz normal: Willst du mit fahren aufs Hinterfeld. Ich zögerte vielleicht einen Augenblick, zack war ich schon auf den Wagen gesprungen. Wir fuhren dann durch den Wald, er machte seine Arbeit auf dem

Feld, dann wurde gevespert, „kannst du nehmen ist von Frau", er reichte mir einen Apfel.

Wir saßen so gemütlich auf dem Feldrain und aßen, da kommt auf einmal meine Mutter mit dem Fahrrad, setzt mich auf das Fahrrad und wir fahren von dem Acker weg bis zur nächsten Waldecke. Dort dreht sie mich um und verhaut mich heftig, setzt mich wieder aufs Rad und wir fahren weiter.

Da macht es auf einmal Pfpf... Reifen kaputt. Mutti muss auch mit Franzek fahren, um nach Hause zu kommen, eine innerlich triumphierende Tochter neben sich.

Ein blühender Gartenzaun im September

Auf dem Weg zur U-Bahn blieb ich stehen, konnte nicht an diesem reizenden
Motiv vorüber gehen. Wie schön, dass es
jetzt fotografierende Handys gibt. Der
Gartenbesitzer sah es lächelnd und stolz.
Er hatte es zum Blühen gebracht, am
schlichten Holz!

Drei Mal Leipzig

Im Dezember 2003 fuhren meine Freundin Ruth und ich mit einem Reiseunternehmen nach Leipzig.

Wir wohnten im "Hotel Renaissance" Nähe Hauptpost.- Ein Nobelhotel, mit einem Frühstücksbüffet, dass man keinen Hunger mehr auf Mittagessen hatte.

Wir besuchten unter anderen Orten, Wittenberg, die Schlosskirche und Luthers Anwesen.

Der absolute Höhepunkt war jedoch der Leipziger Zoo, die Liebe zu dieser schönen Anlage, ließ uns noch zweimal wiederkommen.

Der Abschluss dieser vielseitigen Weihnachtsreise war ein Bunter Abend mit Festessen und Tombola und…ich gewann zwei Übernachtungen im Hotel für zwei Personen.

Na, da mussten wir ja wiederkommen. So fuhren wir im nächsten Jahr für 8 Tage auf eigene Faust mit einem Sonderticket der DB für € 98 für 2 Personen ins Hotel am „Ratsholz" weiter draußen. Da hängten wir den geschenkten Aufenthalt im Hotel Renaissance dran. Ein Azubi kannte uns noch und begrüßte uns freudig.

Bei diesem Besuch und auch dem nächsten, in einer Pension in Markkleeberg, waren wir ausschließlich zu Fuß und auch mit öffentlichen Verkehrsmitteln unterwegs.

Wir erliefen uns die Stadt und sahen Leipzig immer schöner werden. Das Rathaus war fast fertig. Wir waren in der Nikolaikirche, vor der Thomaskirche freuten wir uns über das große Bach Standbild.

Zum „Völkerschlacht Denkmal "konnten wir nach wenigen Stationen mit der Straßenbahn auch durch den Wald laufen.

Ja, und dann wie erwähnt der Zoo, da war jedes Mal ein ganzer Tag nötig, um alles zu erforschen. Der ist so unbeschreiblich weitläufig und schön, besonders als dann die Savanne in den Saaleauen noch dazukam.

Die Affenanlage mit den verschiedenen Arten, alle von einem Felsengang durch Scheiben zu beobachten ist einzigartig. Alle Primaten haben Zugang zu einem hoch gespannten Seil, wo selbst die Affenmuttis mit ihren Kleinen rumturnen, bzw. ihnen zeigen, wie es geht.

In den Zoo kehren jeden Abend auf die Bäume hunderte von Krähen zurück.

Das ist ein Schauspiel bzw. ein ohrenbetäubendes „Riesenkrähenkonzert".

Ich möchte mal wieder hin!

Bei den Amerikanern in Ansbach

Ungefähr 1948 wurden wir, einige aus meiner Klasse und ich zu den amerikanischen Soldaten nach Ansbach eingeladen.

Die GLs machten sich einen Spaß daraus, die Süßigkeiten einfach in die Menge der Kinder zu werfen. Die großen Jungen erhaschten das „Meiste".

Wir Kleinen, ich war ca. 10 Jahre alt, bekamen nichts.

Am Platz lag ein Päckchen Erdnüsse, das ich sofort auffutterte. Das erzählte ich zu Haus nicht und hatte deshalb jahrelang ein schlechtes Gewissen.

Als ich meiner Mutter davon viele Jahre später erzählte, zeigte sie großes Verständnis dafür, sie wusste ja, wie wenig sie uns in dieser Zeit geben konnte.

Bad Schwalbach im November 2019
14 Tage offene Badekur. War schon gut, die Luft
dort und die netten Leute. Irgendwie ist die Zeit
stehen geblieben. Die Leute grüßten einander im
Kurpark. Bei den Anwendungen haben wir viel ge-
lacht, den Frühstücksraum zum Gesprächsforum
gemacht. Schön, dass es sowas noch gibt.

60 Jahre später: Nachtrag zu Dresden 1945

Im Jahr 2005 lud mein Bruder Klaus uns Geschwister zu einem Konzert in die Frauenkirche in Dresden ein.

Er war in dem Förderverein des Gotteshauses und es war ihm großes Anliegen, dass wir noch einmal alle beieinander waren.
Er war zu dieser Zeit schon schwerkrank und die Reise war eine Tortur für ihn. Aber er hatte sich das vorgenommen.

Wir blieben zwei Tage und fuhren einen Tag nach Kleinzschachwitz. Am Elbufer hakte er sich bei mir unter und wir gingen gemeinsam die Uferstraße entlang. Die übrige Familie ließ uns ungestört reden.

Auf einmal sagte er; „Weißt Du, dass ich dich hier vor den Tieffliegern gerettet habe"? Wir hatten da unten am Ufer gespielt, als die Flugzeuge kamen. Die SS hatte am Flussufer Schützengräben angelegt. Die sollten getroffen werden. Mein Bruder hat mich angebrüllt und weggezogen, und wir sind wohl dann ganz schnell nach Hause gerannt.

Ich hatte keine Ahnung davon, obwohl mein Gedächtnis bis in meine frühe Kindheit reicht, ist das völlig weg.

Bis zum heutigen Tag hat mein Gehirn die Erinnerung daran nicht preisgegeben, der Schock muss furchtbar gewesen sein.

Bad Brückenau

Seit 1952 kenne ich Bad Brückenau bzw. den kleinen Ort Wernarz, der gleich um die Ecke liegt.

Damals baute mein Vater für die Amerikaner in Wildflecken und hatte dort mit einem Subunternehmen, Baugeschäft Kimmel, Kontakt. Ein Mitarbeiter meines Vaters heiratete die Tochter des Hauses. Meine Eltern waren zur Hochzeit eingeladen und wir waren später öfters dort zu Gast.

Im Jahr 1997 war ich zur Mütterkur im Staatsbad Brückenau. Mit Anwendungen im Haus.

Schon zu der Zeit begann man sparsam umzugehen mit der Vergabe der Kuren, daher waren wir nur ca. 25 Frauen.

Was für mich neu war, es waren einige junge Frauen aus den neuen Bundesländern dabei. Sie hatten Kummer, wenn sie von daheim kamen, wegen ihrer Männer und 2 Wochen später Liebeskummer wegen des Kurschattens.

Reinhilde aus Wertach im Allgäu und ich aus Frankfurt, wir beide waren die ältesten mit 59 Jahren und auch etwas weiser, da schon einige Jahre allein. Wir wurden zu „Kummermüttern", eine ganz neue Rolle.

Mit Gabi aus Herzogenaurach machte ich eine Woche Nulldiät nur mit Tee. Den Erfolg zeigte ich ihr in einem Lebensmittelladen in Brückenau Stadt. Dort stapelte ich Butterpakete übereinander: Soviel Halbe Pfunde haben wir abgenommen! Das machte die ganze Sache schon leichter.

Eine andere junge Frau aus Oberfranken, war glücklich, mit mir fränkisch sprechen zu können bzw., dass ich sie verstand. Sie sagte immer, „gell „Hannlor," du verstehst mi scho"! Ja ich verstand sie und freute mich mit ihr in diesem Dialekt sprechen zu können, der mir aus meiner Kindheit in Mittelfranken so vertraut geworden war. (Wir hatten dort als Flüchtlinge 1945 eine zweite Heimat gefunden.)

Eines Tages merkte sie, dass ich in der Nachbarkabine lag und rief herüber: „Auf, Hannlor, schmeiß di in Schale, da unten beim Tanzen, sind lauder Männer in deinem Alder."

Wir fühlten uns alle sehr wohl in diesem schönen Haus, das jetzt leider nicht mehr als Müttergenesungsheim genutzt wird, sondern eine „Betty-Ford - Suchtklinik ist"- Wir konnten Batik lernen und Ketten knüpfen und andere Bastelarbeiten, für das Autogene Training kam eine Therapeutin aus Bad Kissingen rüber u. u. u.

Ich wurde in den Folgejahren noch öfter zu acht- oder zehntägigen Schnupperkuren auf eigene Rechnung eingeladen. In die neuen Gruppen habe ich mich ohne Schwierigkeiten eingefügt. **Mit Frau Opitz,** der Leiterin habe ich noch immer regelmäßigen Kontakt. Ich habe mal nachgerechnet, wir kennen uns 23 Jahre.

Mein Essplatz am Fenster

Der Fensterplatz ist wie ein Logenplatz im Theater. Der Weg, der an unserem Haus vorbeiführt, ist der Weg zur U-Bahn.

Da oftmals jeden Tag dieselben Menschen diesen Weg benützen, sind sie für mich mittlerweile wie alte Bekannte.

Am markantesten ist für mich der Herr mit den weißblonden Haaren. Der jeden Tag um punkt 9.30 Uhr den Weg entlang kommt. Ich könnte die Uhr danach stellen.

Da ist die Mutti mit dem kleinen Jungen und dem Kinderwagen, der unbedingt laufen will, obwohl es Mama wahrscheinlich „unter den Nägeln brennt".

Wenige Minuten später kommt Zigarre rauchend „Lech Walesa" den Weg herunter. Er ist es „natürlich nicht", ich habe ihm nur wegen der Ähnlichkeit diesen Namen gegeben.

Einige Jahre fuhr ein kleiner Junge auf dem Laufrädchen stolz hinter seiner Mama her und versuchte den Anschluss zu behalten."

Zurzeit ist er Besitzer eines Super Rades und fährt vorneweg.

Neben unserer Seniorenwohnanlage ist eine Krabbelstube und da werden die Kleinen von Zeit zu Zeit mit dem Bollerwagen spazieren gefahren, auch sie passieren unseren Weg und ich freue mich an der kleinen Schar.

Da ist die alte Dame, die ich schon von weitem am Schritt erkenne. „Ach, heute keine Zigarette? denke ich. Nein natürlich raucht sie, man sieht es ja auch ihren grauen Gesichtszügen an.

Mittags gegen zwei kommen die Schüler albernder Weise den Weg von der U-Bahn runter. *Gott sei Dank dem Käfig entronnen, wenigstens bis morgen.*

Auch die Damen und Herren Hundebesitzer lieben unseren Weg, ihre Tiere aber auch, darum hinterlassen sie uns ihre Häufchen auf der angrenzenden Wiese. Sind Frauchen und Herrchen gut erzogen, kommt die Hinterlassenschaft in ein Beutelchen, was ich dankbar vermerke. Wenn nicht, stinkt es spätestens bei dem nächsten Mähen. Langweilig wird es also nie vor meinem Fenster.

Personalkultur

Am 1.1.1991 erblickte ich das Licht der Abteilung, wie es in einer Beschreibung für ein Ratespiel heißt.

Am Anfang hieß unsere Abteilung „Soziale Brennpunkte", später „Ambulante Kinder- und Jugendhilfe".

Erst neulich sprach ich nach vielen Jahren wieder mal mit einer Kollegin. „Ach ja," meinte sie, "Frau Möbus, schön war es bei uns damals". Mag auch einiges von der Erinnerung verbrämt sein, es war schön **und wir hatten trotz der vielen Arbeit viel Spaß miteinander.**
In Erinnerung ist mir, dass wir, meine Kollegin, Frau U. und ich einmal an Fasching jeder eine Schüssel Teig und ein Waffeleisen mitbrachten und im 2.Stock anfingen wie die Weltmeister zu backen. Im Nu war das ganze Haus bei uns zum Waffelessen, angefangen bei unserem „BATman"

* Bundesagestelltentarif

Unser Boss stiftete die Getränke.
Unsere „Neujahrsempfänge" in St. Josef in Bornheim waren die Wucht, jede Einrichtung brachte einen Salat oder kalte Platte mit, ich hatte dafür

gesorgt, dass kein Gericht doppelt war. Wie oben erwähnt gab es Ratespiele und vieles mehr.

Wie gut unsere Zusammenarbeit war, zeigt eine kleine Geschichte:

Forsthaus Schlossborn, unser Freizeithaus im Taunus wurde abwechselnd von den Einrichtungen für Kurzaufenthalte mit den Kindern genutzt.

Da geschah es, dass an einem Freitagnachmittag der Ziwi, der die Kinder und Erzieherinnen dort abholen sollte, anrief, der Bus sei liegengeblieben. Der Hausmeister hatte Feierabend.

Als ich dies meinem Chef vortrug, sagte er nur, lassen Sie sich was einfallen, Sie sind die Sekretärin. Also rief ich erst im Forsthaus an, Kinder wieder ausziehen, ihr hört von mir. – Dann sprach ich mit der Leiterin der „Alten Villa in Höchst", da kam die Gruppe her.

Die Damen dort mobilisierten im Handumdrehen einige Eltern, die sich bereit erklärten mit Privatfahrzeugen die Kinder und Betreuer abzuholen. Zwischendurch sprach ich mit dem Ziwi, der den Kleinbus mit Hilfe von anderen Autofahrern auf die Seite der Straße geschafft hatte. Er solle sich an der Straße aufhalten und auf die Elternautos warten, dass sie ihn mit runter nach Höchst näh-men.

Die Gruppe in Schlossborn informierte ich über den aktuellen Stand und alle kamen gut nach Hause.

Es gäbe noch ganz Vieles zu berichten, aber ich will ja nicht aus „dem Nähkästchen plaudern" wie mein Chef einmal meinte.

Es hat mir jedenfalls großen Spaß gemacht, Ansprechpartnerin für KollegInnen aus 20 Einrich-tungen zu sein.

Das konnte ich nur leisten, weil die Atmo-sphäre in unserer Abteilung so gut war, eben „gute eine **Personalkultur"** gepflegt wurde.

Markus

Markus, der zweite Sohn meines jüngeren Bruders verstarb mit 27 Jahren, wir beide waren uns immer sehr nah gewesen. Wir zwei „Mittleren", einmal zu den Großen gehörend, wenn es Pflichten gab und einmal zu den Kleinen, wenn wir etwas nicht durften. Wir sprachen oft darüber.

Als der Pfarrer mal **aus Markus 5** predigte, stand er auf ging in der Kirche nach vorn und sagte: Ist nicht Markus 5, ist Markus Wittmann.

Die Oma nannte ihn „Marküsschen", ein kleiner zarter Blondschopf. Er bekam, wenn ich mich richtig erinnere, Hirnhautentzündung infolge eines Zeckenbisses.

Leider stand er auch immer im Schatten seines älteren Bruders, ein „1mit * Schüler" war, er war nur guter Durchschnitt. Aber er verdiente schon während der Schulzeit etwas dazu, wie mir die Eltern damals voller Stolz erzählten.

Einige Male besuchte er mich hier in Frankfurt und in Lorsbach, wir gingen zum Inder in den Oederweg. Die Reisgerichte konnten ihm nicht scharf genug sein. Und einmal erzählte er mir auf

der Schillerstraße, wie sie während der Zivil-
dienstzeit in einen Rollstuhl gesetzt und auf die
Piste geschickt wurden, um nachzuempfinden,
wie es einem Behinderten ergeht. "Behinderten-
gerecht" und „barrierefrei" gab es noch nicht.
Ja das war unser Markus.
Ich habe ihn noch eine ganze Weile nach seinem
Tod um mich gespürt.....

Das Corona Virus

Eigentlich war ich fertig mit dem Buch, aber da ich mit meinen Büchern gewisser Maßen der Chronist unserer Zeit bin, gehört das Corona-Virus unbedingt mit hinein.

Wir hatten am Anfang die Meldung über das Virus, wie alle anderen Menschen auch, gar nicht so wichtig genommen.
Ganz schnell ist es zum Mittelpunkt des Lebens in der ganzen Welt geworden.

Heute Morgen las ich, jemand hat eine Million gewonnen, kann er sich damit erkaufen, nicht zu erkranken? Wo sollen wir uns verstecken, wo können wir uns in Sicherheit bringen, nirgends.
Ob der Schutz reicht, den wir angeraten bekommen, ist auch nicht gewiss.
Ganz wunderbar ist jedoch, die Menschen reden auf einmal wieder miteinander und sind hilfsbereit.
Wenn auch der Anlass nicht so schön ist, es macht trotz aller Beschränkungen Hoffnung.

Zum guten Schluss
Ein Lächeln kann die ganze Welt verändern.

Mit knapp drei Monaten holte ich meinen Sohn aus dem Mittagsschlaf auf die Wickelkommode, um ihn anzuziehen für einen Spaziergang. Er lächelte mich zum ersten Mal erkennend an. So etwas vergisst man sein Leben nicht mehr.

Desgleichen, als er mit fast zwei Jahren von Diakonissen aus Norderney nach Köln gebracht wurde. Er hatte wegen eines schweren Asthmaleidens drei Monate dort verbringen müssen.

Noch auf dem Arm der Schwester sah er mich an, dann förmlich aus seinen Fußspitzen aufsteigend, kam das Lächeln der Wiedererkennung bis in sein Gesicht. Wunderschön!

Vor ein paar Tagen lachte mich ein lieber Mensch voller Wiedersehensfreude an.
Es hat mir unheimlich gutgetan.

FSC
www.fsc.org
MIX
Papier | Fördert
gute Waldnutzung
FSC® C083411

Zeitfracht Medien GmbH
Ferdinand-Jühlke-Straße 7
99095 Erfurt, Deutschland
produktsicherheit@kolibri360.de